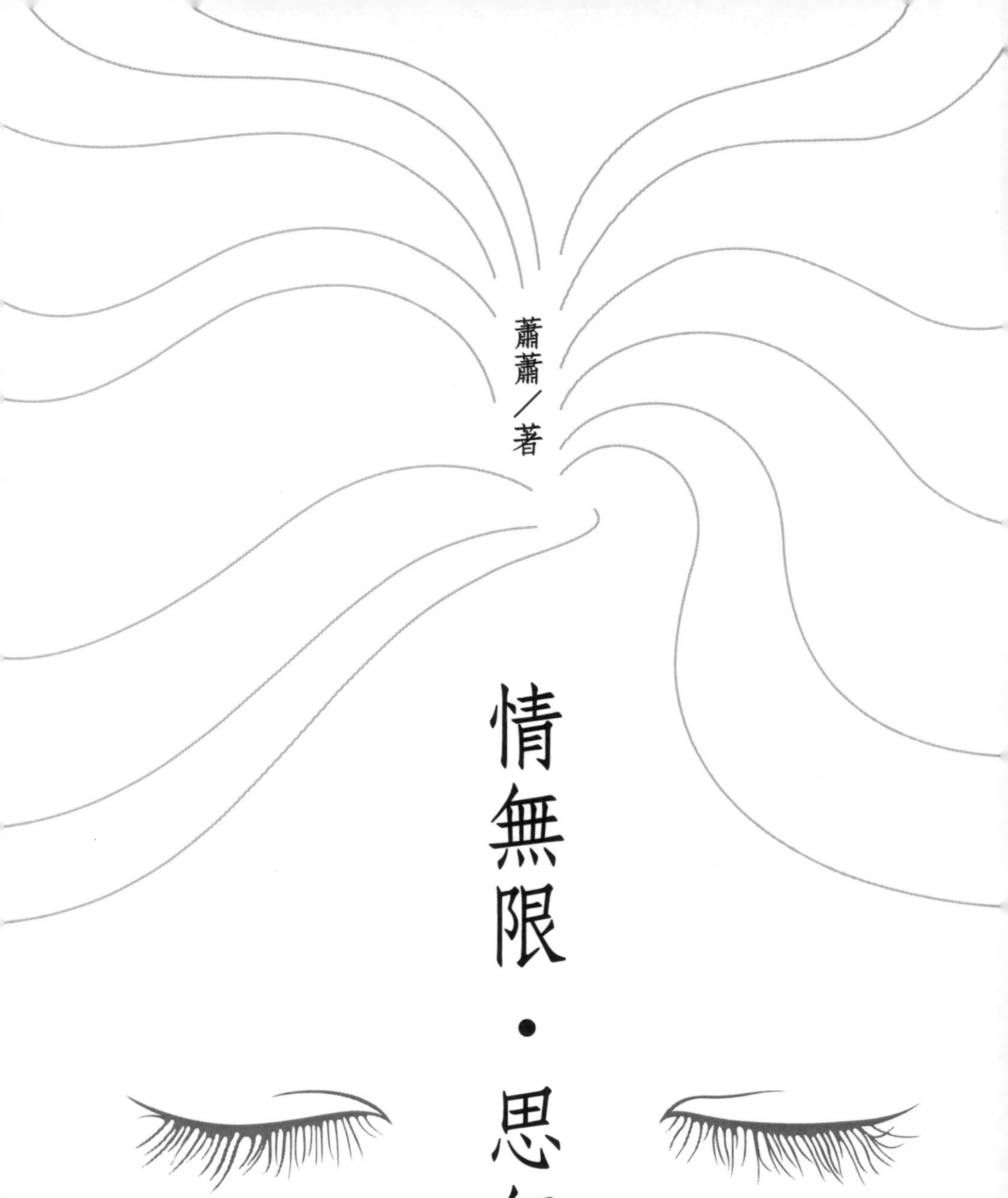

蕭蕭／著

情無限・思無邪

目次

輯一

有些你我記掛的人（二十一首）

輯二

有些讓人馳想的島（二十四首）

輯三

有些無法揀擇的命與運（十首）

輯四

有些思無邪（二十二首）

輯五

有些石頭小子仍然激動（十二首）

輯六

有些可以解渴有些更渴（十六首）

輯一

有些你我記掛的人（二十一首）

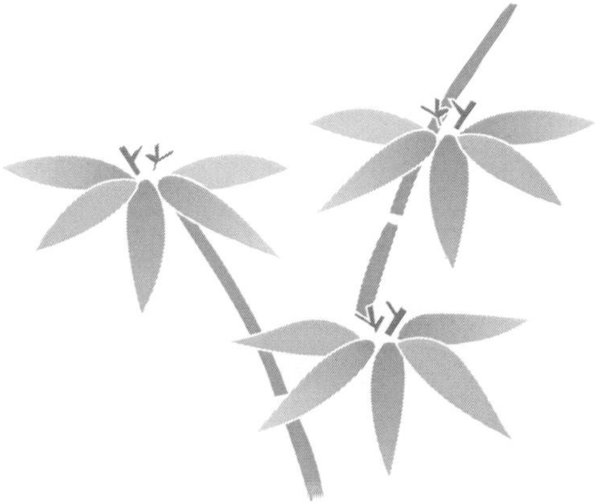

永遠的圓

——父親頌歌之一

爸爸，我心中永遠的圓
朗朗高懸
生命裡一顆燦亮的太陽在藍天
照拂我微軟的翅翼、微濕的額頭
　　數不盡的歡喜和煩愁

偶爾
也跟我翻滾在草地上
一個可以一起跑一起跳的皮球
永遠，永遠的圓

擁我在你的心裡頭

——父親頌歌之二

小時候，你以雙手
圈擁著瘦弱的我
我在一灣寧靜的港口
長大後，你縱任我

隨意翱翔蒼穹宇宙

我知道
我一直飛不出你的視網膜
深深，深深擁我在你的心裡頭

英挺的玉山

——父親頌歌之三

早起，你將我高高舉起
舉過雙肩，彷彿站立玉山之顛
我可以望見草木四季、風雲雨極
中午，貼緊你那寬厚的背脊
堅挺的玉山岩壁
替我遮擋了多少潑辣的風潑辣的雨
陽光衰退，父親啊！
那樣英挺的玉山為什麼也會飄飛
皚皚白雪？

阮老父

——父親頌歌之四（臺語）

人講海洋深無底
我講真失禮
阮老父的智識才是真正深無底
親像海中魚蝦遐爾濟
人講海洋有夠闊
我講真歹勢
阮老父的愛有太平洋的十倍大
予我會當四界看，四界踅

伊的絕招、撇步無人會
伊是阮老父

不讓康乃馨消瘦

——母親禮讚之一

因為我，妳知道什麼是大肚婆
異樣的不便時時得忍受
因為我，妳知道為什麼有血光災禍
異樣的撕裂痛楚十二個小時也要忍受
因為我，妳知道叛逆期、過動兒
異樣的脾氣隨處爆發怎能不忍不受
因為我，妳知道青春短暫、歲月如梭
異樣的眼光變樣的身材忍受忍受忍受

親愛的母親呵！我立下誓咒：
終其一生，不讓康乃馨消瘦

不讓忘憂草懷憂
——母親禮讚之二

因為妳，親愛的母親
我知道：
為什麼嘮叨可以編成孔子的論語
為什麼叮嚀可以編成耶穌的聖經

因為妳，親愛的母親
我知道：
為什麼妳的囉唆變成我的享受
為什麼妳的碎碎唸變成我的歲歲念

因為妳，親愛的母親
我知道：
為什麼怨會變成願
為什麼哀怨會變成愛戀
親愛的母親呵！我立下誓咒：
終其一生，不讓忘憂草懷憂

換我做媽媽

——母親禮讚之三（臺語）

媽媽，你加我疼，疼命命
儉腸餒肚將我晟

予我穿，予我食
予我好物件
蚊仔營營飛，用手替我拌替我掠
日頭赤炎炎，用身軀替我柵替我遮
驚我寒，驚我熱
驚我歹身命

後出世，換我做媽媽
用心計較加你疼命命

尋訪孔子

貧而貧於清水洗刷過的布衣
也要窺見天之所以為青的那一點宿命
即使管窺
即使蠡測
也要測知心之所以為大用
那一點萌發的原創力

向萬里無寸草無驛站無歌詩的地方
行去
即使貧且貧於無地可立錐

你依然傾聽天與心如何運行的聲音
想著兩千五百年後的我尋訪你無可如何的腳步
會如何顛躓

上善之神

——屈原的潤澤

山東的仲尼指著楚天的遼闊
說：那是龍
乘著風雲飛上天
弓箭不能追蹤，網罟不能追索
風雲窈冥飄忽裡
神不可測的老子指著深廣的楚地
合不攏嘴：上善呵！
上善是水

那時你背對著整個楚國的黑與冷
耳邊響起悲壯頓挫、或韻或否的楚聲
心中一直滋長，滋長少年那棵獨立不遷的橘
喝，楚材豈能晉用！
睜眼卻是
暮楚未醒而朝秦已至
完整成套的九歌再也無所憑依不得歌舞
仰首只能問天
一問再問
天啊！一百零八個疑一百零八個憤懣愁思

而天門不開
離騷已經長到三百七十三句了
而頃襄王更遠

頃襄那楚王遠得聞也聞不到香草的清香

這時你選擇上善的水
汪洋一片或者涓涓數千數萬條水流
都是永遠的潤澤
潤澤數以億計生靈的喉頭與唇舌
一如你詩句裡的精靈
可以潤澤億萬生靈的心靈
這時上善的水選擇你
選擇將你的潤澤
送到心靈乾涸、土地皸裂的遠方
送到歷史的深處　發亮

此詩曾於二〇一〇年端午節當天在湖北秭歸
「屈原故里端午詩會」上朗誦。

寫給蕭邦

兩百年前一聲嬰啼
就像尋常簷滴
每天飄飄盪盪　風的低語
或是海浪拍擊岩岸、沙灘
潺潺溪水奔赴母親寬柔的衣襟
有時吆喝家畜家禽，打開櫥與窗
木頭摩擦木頭軋軋之音
那樣平凡熟悉，人類日常呼吸
相呼且相應

相應且相呼進入你黑白鍵協奏曲
黑鍵連著什麼樣的琴弦
白鍵連著什麼樣不可解的鄉愁與思念？
是多沉重多艱難的腳步
踩入泥土，才會窸窸窣窣
是什麼樣的沙可以終身攜帶身旁，晶瑩閃爍
永遠陪葬身旁？
都交給縝密的心了，交給簡簡單單
升高的黑鍵，平整的波蘭平原

他們說：
白色花叢裡隱藏了一門火砲
你，琴鍵聲中飛揚的意象
是傾注在波蘭田野上的淚終於發了光

而我，我在東方海島上的浪濤
尋常飲水的地方
尋索著如何發出另一種異響
濁水溪的波紋
應該有另一種星芒

寫於蕭邦（Frederic Chopin，1810-1849）兩百歲誕辰

小太陽
——記臺灣史詩之祖賴和

在冬夜寒冷的彰化街市，你急急走街，為苦痛的肝肺心腎和子宮，驅走苦痛。在日頭赤炎炎的小鎮，你緩緩踱步，為了稱花尚明卻硬生生被折斷的一桿稱仔思考稱花何以逐漸花糊公義為什麼可以如此攬腰折斷，而苦痛。

在冬夜寒冷的土地上，你五十歲的生命一直在思考：西班牙、荷蘭、明鄭、清廷、日本之後，何時臺灣人才是臺灣這塊土地真正的主人，何時這塊寒冷如冬夜的土地才有自己的春天，何時，人生才不必為無主的苦痛而苦痛，不必為無謂的苦痛而苦痛？

何時？臺灣每個人的懷中都會揣著一個你——揣著一個你如揣著一顆小太陽，溫熱的心溫熱了世人的心。何時？將一顆自製的太陽揣在懷中，我們終於要向世人拋出微笑，即使是還在黑泥暗土裡的未爆之芽，也會感受到蠢蠢欲動的溫熱，在他內心深深處。

每一顆溫熱的心，都將是可以自製小太陽的小太陽，或許他在地球的另一邊、幸福的另一頭，嚴冬冰雪之中，我們會看見翔飛的雲翔飛的霞，自天邊飛起。何時啊何時？我們看見翔飛的雲翔飛的霞，在冬夜寒冷的土地上。

大風景

——記臺灣詩哲林亨泰

伸長了秋的咽喉，秋的長長的咽喉，思想以喑啞的響聲在咽喉深處轉了好幾折，又折了回去。猛然，赫！扭轉了秋的咽喉。呃——

達利的雕塑
——無有回聲

形銷骨立的風景
——無所依傍

水牛動也不動的立姿
——無需支撐

空谷的氣流
——無人欣賞

猛然，哈！扭轉了春的聲音。咦——思想也有了春天的色彩。春天也有了苦難的消息。消息也有了磁波。磁波也有了臺灣的振幅。臺灣也有了思想的紋路。思想也有了春天的色彩。

伏羲氏

——文明四氏之一

在我的眼皮上輕輕灑下月光
不久，你也睡著了
你是我的伏羲氏
為了降服我的呼吸來到我的沼澤地球

船一樣地穿行
在寂靜的黑色海上視若無睹，穿行
暴躁的深海礁岩多疑的地雷沙渚
伏羲氏知道冰山在哪裡飄浮

有時在大氣層中撿回一些尊嚴
剝落破損　如失修的神像
如二胡的旋律飄邈為風中微塵
你說伏羲氏像熨斗那麼笨不拒絕波紋、裂痕

伏羲氏，八千歲的一塊黑布
不動言談聲色，不動聲息
守護那月光在我心上輕輕灑著
月光輕輕灑著……

神農氏

——文明四氏之二

嚐我的哀愁如嚐一莖草根
暗暗內斂　苦澀的決心與下唇
在無人關懷彩虹落腳處的上個世紀
到這個世紀的某個清晨

有時試著翻土播種
選擇最熱的月份，最偏僻的山崙
流下無人能解的眼淚
因為芽苗爆裂或者延伸

植物抽長需要動物的血
給我鈣給我鉀，不打折的自尊
礦物不能一直蘊藏在火山之下
陽光與水是我流動的靈魂

奔走如雲，就為了那朵飄在天際的
雲
你是我的神農氏
期盼我的哀愁不必追上草那樣的深沉

有巢氏

——文明四氏之三

巢不大，小指得以自由進出鼻孔
容許穿條紋式的睡衣走動
五十歲剔除時人牙慧
不算是不符儒家行蹤

巢不大，《行者無疆》可以行
而無禁，鄉村綠色記憶猶有餘溫
都會風華開始喧鬧
來！你說：放下你方形的心

巢真的不是廣廈那樣的大
輕鋼架構築的天空也非高樓
嶄露的頭角容易碰撞海角
坐！你說：坐我左胸最原始的角落

巢不大
樹幹不粗
習題不多
就是有奶酥的香氣

燧人氏

——文明四氏之四

無物不是木
即使是金石的堅實
你也知道燃燒的基因藏在何處
軀幹之外或骨血之內而深之底，無可抑止

引火舌出洞
就像叩觸千里馬奔馳的熱望
你看得透雲層背後，或許
十萬光年才能激奔而來，瑩瑩的星光

生命不許日漸凋萎、蠹蝕、朽壞
再老也不會比太陽老
荒原，沼澤，枯骨
誰都看見磷光在閃耀

不完全是為了火花或靈魂
也不管歷史的金馬車僕僕風塵
燒開七竅，在我陰鬱的心上
那才是聖而神

荷

——永遠的新詩

行經黑暗的土地
所有的烏雲
塞住了光芒可以鑽射的縫隙
走過飄搖的風雨
所有的冷冷淒淒
封鎖了可以散佈溫馨的氣息
我不會驚疑
心中總是升起
一首可以朗讀的新詩

那是生活裡
最難度過的沼澤池
緊緊纏住雙腳不離，一堆又一堆爛泥
那是人生中
最難呼吸的致命期
緊緊勒控喉口不棄，一波又一波壓力
你不會遲疑
永遠指著朗朗白雲天
望向我們期許的迦南地

你是荷，是蓮，亭亭玉立
永遠指著朗朗白雲天
期許我生命的煉乳與蜂蜜

你勝過唐詩，宋詞
永遠可以朗讀的一首新詩
隨時吟隨時誦隨時在心中升起
我呵護心中的荷
我呵護生活中的新詩
我呵護生命裡呵護我的你

布袋蕭的布袋

——為蕭世瓊的書法而寫

布袋蕭的布袋不知藏有多少意象
總是像戲法，隨意揮灑
有時穩如布袋蕭，山一般的坐姿
大部分的時間騰飛成雲的葉子風的奏鳴
有時蕭疏，秋空中淡淡一輪月
有時密實如松一般的骨幹
在生命轉折的某一處
留下大塊大塊的白引人遐思

飛天之舞

——為蕭光庸的雕刻而寫

即使是一棵白萩的樹也有飛天的慾念
繞著自己，形成年輪
繞著年輪，形成迴旋
繞著迴旋
形成飛翔的姿勢
即使是一顆石頭一片落葉
也有飛天的權利
逐漸風化，減輕了心事
逐漸羽化，減輕了心機

逐漸虛化，減輕了心思
即使是一隻小鳥一片蕭蕭的頭皮屑
也有

飛天的想望
不是飛，是飛天
不是飛上天，是飛天
即使是無形跡也無蹤影的風

無形無蹤無跡無影的
ㄨˊ

陀螺

——詩贈　陳富貴校長

所有的陀螺都需要一根繩子
就像子彈需要撞擊
你卻是自備電池的陀螺
自動旋轉
從家庭旋到教育殿堂

從二十世紀旋轉到二十一世紀
將自己旋為拉胚的手轉動著週遭的人
捏出多少傑出的黃衫客

塑成多少中山後人
鑄造多少綠綠精英

所有的陀螺都需要停歇
就像倦了的鳥盼望著巢穴
你卻是自備電池的陀螺
旋啊旋，轉啊轉
從黎明旋轉到深夜

從二十世紀轉到新世紀
將自己旋為圓心，轉動著週遭的人
你所在的地方，自然旋轉出圓形的溫馨
五湖四海就是兄弟姊妹
行人親切得像家人

所有的陀螺都引人聚精會神
何況你是自備電池的陀螺
所以，請放緩，請慢轉
請為自己優雅的轉
我們知道，那將是歷史的光燦

送商禽遠行

火車橫行而過，機關槍隨之
橫掃而過
而你站在那夾縫的夾縫裡
——這是你告訴我的時代
　超真實、超酷的時代
有人腦漿激迸而出
有人摸著自己腦袋上別人激迸而來的腦漿
而昏嚇
——這是你告訴我的逃亡
　超真實、超酷的逃亡

多少人還伸著長長的脖子
在長頸鹿欄下　認識時間
多少人還以嘴唇吻著酒瓶
在福壽酒色的黃昏　認識現實
多少人還在辨識　夢或者黎明
門或者天空
而你以自己的腳步自己的笑容
精準而端正，行入現實外的永恆時間裡的永恆
——超現實的詩的永恆
超帥的詩的永恆

輯二

有些讓人馳想的島（二十四首）

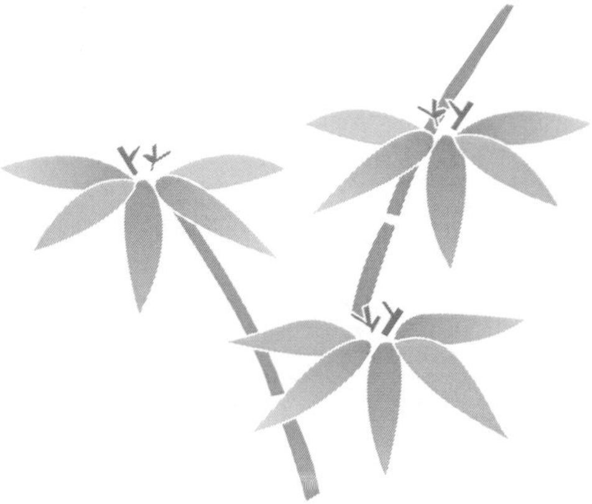

一根三層樓高的瘦竹

——巴里島馳想之一

一根三層樓高的瘦竹
彎腰探向人世
鮮花或者椰子，繫在那竹竿頂梢
彷彿幸福，在風中垂落
龍戲珠，那是龍戲珠
漢人都這麼說
就這麼說吧！
馬來西亞人有馬來西亞人自己的認知
讓風吹著，飄搖就是幸福

總是一盒小小的鮮花

——巴里島馳想之二

巴里島人家不論大戶小戶，門口
總是一盒小小的鮮花
說著生命裡的期許，或者應許

路口，路中心那一點
還是小小鮮花，一個紙盒，閒閒坐著
不抵抗車塵往來倏忽

巷口，小孩橫衝直撞，
一樣精緻的鮮花盒無視於腳步
匆匆促促

這時，還要記掛什麼期許
你的心口？
淡淡的花香飄過

向著淡淡的藍天划過去

——巴里島馳想之三

你不要再游了啦
再游就游到印度洋去了
我那群踩著地球的朋友一起喊著
我笑一笑
到了巴里島，難道只是為了游到
印度洋？
雙腳一蹬，我向著淡淡的藍天划過去

神像

——希臘半島馳想之一

酒神戴奧尼修斯的杯子
仍舊是空的
拜倫依偎在繆斯的懷裡，那姿勢
依然不動

眾神的天空藍著四千年前的藍
詩，飄飛在飄飛的冥想之中

神殿

——希臘半島馳想之二

直直留在原地的雄偉石柱
不再支撐任何真理
坦坦蕩蕩，疏疏落落
任風急速穿梭

眾神的天空，那藍是四千年前的藍
過客我，不言不語不道破

白色小神堂

——希臘半島馳想之三

曾經拈香的手擎起燭火
神在嗎？
天空靜靜藍著四千年來不變的藍
一樣是北回歸線經過的地方
神去嗎？
我在愛琴海島上純白的小神堂
問神問海問那深處勃勃跳動的心

愛琴海午後

——希臘半島馳想之四

中國文化官員的臉從亞洲僵緊到歐洲
愛琴海波動著

希臘所有的神祇還在睡長長的午覺
臺灣詩人嬉笑著

天空藍著四千年前眾神的的藍
香港犁青仍為戰爭激動著

問亞里斯多德

——希臘半島馳想之五

天空若是無雲
海也就不言無語了嗎？
那樣崇高而巨大的一片奧藍
是因為注目而發現了　　　白
還是因為一朵遠遠的　　　　白
擴生了無限藍意？
你沉思的腳步這時如何步過藍天
留下問號而又抹去問號的痕跡？
藍藍的愛琴海是無波無漪了

然則，人的心也就聲息一致
一致聲息嗎？
潮騷在遠方停歇
紅燈前的文明一直在蓄勢，待發
彷彿不成群的招潮蟹
不理眾神的天空是否藍著四千年前的藍
翻撥沙粒
任不成型的沙丘沙穴隆起塌陷
又隆起，你微涼的高額
何時爬過蟲豸汗滴瘟疫蛇蠍
飛出詩句白鴿、橄欖詩學？

口罩，哪一種人生？

——臺灣 sars 風暴之一

不許說，不許說胸罩
是為了維護某一種高度而堅持
然則，你堅持哪一種冷？

不許說，不許說眼罩
是為了懼光而拒絕光亮
然則，你拒斥哪一種溫柔的眼神？

靜靜的冷，靜靜的眼神
我碎了的苦笑
會落在哪一種石頭的隙縫中？
靜靜的眼神，靜靜的冷
你，布了的臉
是一張沒有雲的天空

祈求

——臺灣 sars 風暴之二

不祈求咬一口要花五百元的黑鮪魚可以大豐收，不祈求八千萬元的頭獎砸上我的頭，容許我一人樂透，不祈求玉山永遠比泰山高，淡水河可以從三腳渡行船到上游，不祈求一個人長壽到九十九，即使到九十九還可以剝殼吃土豆，不祈求做愛的時間可以拉長，相愛的日子可以拉得更久，不祈求生活中沒有煩憂，生命裡毫無新恨舊愁，不祈求公車班班有座位好坐，市場處處不缺蔬果，不祈求銀髮族有地方可以舒活，上班族有能力可以生活，少年朋友有時間可以快活。

只祈求我們快快回到原有的軌道，要行就行要走就走，要躺就躺要臥就臥，即使發燒也是我們原來就是唱片發燒友，即使咳嗽也是我們自己高興咳自己的嗽。

洄瀾

——臺灣風情之一

嘩

連太陽都要選擇花蓮之東躍昇

你不能不確信

花蓮鯨豚也有相同的智慧

嘩

連釋迦牟尼都要坐在蓮花座上沉思

你如何能夠不諦聽

立霧溪口的海潮音氣爽神清

嘩

連地震震幅都要以花蓮為震央
你不得不承認彩虹是花蓮人雙手一揮
最遠的衣袂，最美的圖騰

嘩
連唐詩都像是花蓮清晨激盪出去的浪花
一層翻過一層
你怎能不喜愛楊牧從遠方湧回的波波洄瀾
一回深過一回

西螺大橋

——臺灣風情之一

疏朗的鋼架從未遮擱天空的晴藍
而雨可以垂直而興奮，落在西瓜田裡
也可以斜斜帶點憂鬱氣質
染織著橋面上的灰塵

疏朗的平行四方形
永遠與天與地同步奔向日月星辰
昇昇落落的那一根地平線
彷彿意志在擴張，生命在延伸

疏朗的結構體，絕不拒絕
橫衝過來的清新空氣
直撞過去的那種騷味與莫名的這種騷動
老莊哲學，靜靜橫跨濁水溪

疏疏朗朗的心，任龍虎穿越而風雲旋生
歷史在其中塗繪填寫
偶爾留白，讓一隻鯨魚在遠洋學會：
海闊天空只是心掀起的一方小小的窗景

白鹿日月潭

——臺灣風情之三

早於櫻花的是那一潭清澈的臺灣眼眸
幾乎要凝視入　你心深處
早於泥塑的月下老
是邵族人心中的Lalu島
依著歌聲倚著水面與祖靈對談
如你與我　風與樹　水與天　內心的歡呼

早於威權主義
所謂總統魚　擅長曲腰

彈跳生命的向度
早於日月光華
所有的美　都因為無來處無去處
那隻奔跑的白鹿

二十世紀五〇年代
——臺灣風情之四

艸艸艸艸艸艸艸艸艸艸艸艸艸艸艸艸艸艸艸艸
艸艸艸艸艸艸艸艸艸艸艸艸艸艸艸艸艸艸艸艸
艸艸艸艸艸艸艸艸艸艸艸艸艸艸艸艸艸艸艸艸
艸艸艸艸艸艸艸艸艸艸艸艸艸艸艸艸艸艸艸艸
艸艸艸艸艸艸艸艸艸艸艸艸艸艸艸艸艸艸艸艸
鵝指示一根艸，鵝已，鵝只是最愛泥，鵝已。
鵝且，鵝指示一根艸，只要一點露這樣而已。
泥泥泥泥泥泥泥泥泥泥泥泥泥泥泥泥泥泥泥泥
泥泥泥泥泥泥泥泥泥泥泥泥泥泥泥泥泥泥泥泥

泥泥泥泥泥泥泥泥泥泥泥泥泥泥泥泥泥泥泥泥
泥泥泥泥泥泥泥泥泥泥泥泥泥泥泥泥泥泥泥泥
泥泥泥泥泥泥泥泥泥泥泥泥泥泥泥泥泥泥泥泥

二十世紀七〇年代

——臺灣風情之五

風風風風風風風風風風風風風風風風風風風
風風風風風風風風風風風風風風風風風風風
風風風風風風風風風風風風風風風風風風風
風風風風風風風風風風風風風風風風風風風
風風風風風風風風風風風風風風風風風風風
關於存在，你不能不確知：都只是一種虛無。
而所有的虛無都為了你不能完全確知的存在。
草草草草草草草草草草草草草草草草草草草
草草草草草草草草草草草草草草草草草草草

草草草草草草草草草草草草草草草草草草草草
草草草草草草草草草草草草草草草草草草草草
草草草草草草草草草草草草草草草草草草草草

二十世紀九〇年代
——臺灣風情之六

飄飄飄飄飄飄飄飄飄飄飄飄飄飄飄飄飄飄飄飄
飄飄飄飄飄飄飄飄飄飄飄飄飄飄飄飄飄飄飄飄
飄飄飄飄飄飄飄飄飄飄飄飄飄飄飄飄飄飄飄飄
飄飄飄飄飄飄飄飄飄飄飄飄飄飄飄飄飄飄飄飄
飄飄飄飄飄飄飄飄飄飄飄飄飄飄飄飄飄飄飄飄
遠親只能透過電子媒體敦親近鄰不承認是近鄰
卡哇依的 Kitty 貓沒有嘴巴卻一直說 Hello Hello
颻颻颻颻颻颻颻颻颻颻颻颻颻颻颻颻颻颻颻颻
颻颻颻颻颻颻颻颻颻颻颻颻颻颻颻颻颻颻颻颻

颷颷颷颷颷颷颷颷颷颷颷颷颷颷颷颷颷颷颷颷
颷颷颷颷颷颷颷颷颷颷颷颷颷颷颷颷颷颷颷颷
颷颷颷颷颷颷颷颷颷颷颷颷颷颷颷颷颷颷颷颷

向玉山

——臺灣風情之七

你以三九五二挺直臺灣人的脊樑
俯瞰
泰山頂上，兩千五百年
多少慌亂祭天的中國帝皇

亞熱帶北回歸線旁
你以皚皚白雪，絕然的冷
笑看北斗傾斜

問玉山

——臺灣風情之八

在歐亞板塊擠壓間
你如何一拔而高，而為山之林
之至尊，帝王之偉岸
富士山倉皇走避，泰嶽匍伏在右翼
如何你一伸腿
臺灣黑熊可以嘶吼奔走
一亮胸前V型的勝利
如何在變質岩系深深處

你釋放自己的血液
溫潤那溫潤我的濁水溪
溫潤詩句？

玉山白木林

——臺灣風情之九

火紅才是真正的冶鍊

冰雪則是敬意

雕或不雕

或者　不凋或凋

也不過是見證火與木的傳奇

天與地，你與我

永恆的對話：永恆的無語

玉山鐵杉

——臺灣風情之十

當岩石模仿水的肌理有了自己的紋路
圓柏鐫刻風的紋路有了自己的線條
鐵杉只願彎曲枝幹當歷史供風雨閱讀
抽長自己的針葉當對白給雷電傳述
至於雲杉比較接近冷還是冷杉比較接近雲
鐵杉要等下個世紀才許那禪機在冰寒中微微透露

返鄉之一

曾經浸潤我裸體的青春
曾經洗滌我十七歲受傷的靈魂
我尋找的，那鄉音
那夢，都在
——都在南風中毫髮未損

返鄉之二

走踏千萬遍的鄉野田埂
睡夢中熟悉的呼喚聲
貪戀的南路鷹飈高的身影
為什麼都在一粒飯香裡
讓我滴下淚滴？

返鄉之三

穩穩的八卦山穩穩鎮坐著大佛
穩穩的大佛穩穩鎮坐在我們心頭
三十七，四十七，五十七年了
花香、稻息，依然隱隱約約
吹送芬芳瓜果

返鄉之四

我在撿拾我留在草葉的露珠
我在巧遇我留在甘蔗田那一群鳴雀
我還在辨識我留在天邊的雲和樹
你在哪一個小山崙
等待重逢的喜悅？

輯三

有些無法揀擇的命與運（十首）

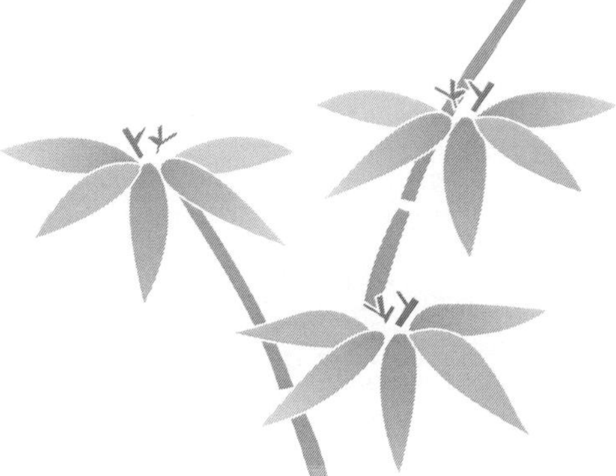

命運書

——其一

腳尚未啟程，心早已先隨
喜鵲，飛回久年的屋簷
剛發的紅蕊
把心中鬱結卸下吧！
改繫一對鴛鴦新結
讓閨房裡的巧笑聲迴蕩
不管天地間葉落
旅途霜飛

附：臺北霞海城隍廟《百首籤詩・第七十一籤》

喜雀簷前報好音，
知君千里欲歸心。（「雀」當作「鵲」）
繡幃重結鴛鴦帶，
葉落霜凋暮色侵。（「凋」當作「飛」，「暮」當作「寒」）

命運書

——其二

河是自然的河
渠是人工的渠
直的時候直，曲的時候曲
就像漫漫那長路
高處高昂，低處低迷
如今遠遠看到日頭即將偏西
且駐

且聽
金雞重啼時

附：臺北霞海城隍廟《百首籤詩・第七十二籤》

河渠傍路有高低，
可嘆長途日已酉。（「已」當作「己」）
縱有榮華好時節，
直須猴犬換金雞。

命運書

——其三

所有的金釵　二分
如何也無法綰結自己
三千執著的煩惱成為菩提
更不必提那脫落的
隨風而去的一髮半絲
所有的信息在投遞之後、中斷之時
又如何能成為膠漆，繫連住
水與乳？

附：臺北霞海城隍廟《百首籤詩・第七十三籤》

憶昔蘭房分半釵，
而今忽把信音乖。
痴心指望成連理，
到底誰知事不諧。

命運書

——其四

崔巍崔巍復崔巍
把那棵菩提堆疊為
崔巍峰上挺拔的大菩提
高上去吧高上去
把那面明鏡高懸在
高上去又高上去的天際
長安城的春花
隨手可以捧掬

附：臺北霞海城隍廟《百首籤詩．第七十四籤》

崔巍崔巍復崔巍，
履險如夷去復來。
身似菩提心似鏡，
長安一道放春回。

命運書

——其五

桃花就該那麼紅
榕樹就該那麼老
何須嫌灰鴨有蹼，白鴿認得舊巢？
天就該高
皇帝就該離我們那麼遠
何須嫌馬走他家前庭
三三兩兩，蝶舞我家後院？

附：臺北霞海城隍廟《百首籤詩・第七十五籤》

生前結得好緣因，（為協韻，「緣因」即「姻緣」）
一笑相逢情自親。
相當人物無高下，
得意休論富與貧。

命運書

——其六

花生，腰果，核桃，杏
多少蔬菜瓜果，依賴一個「仁」
延續種族生存

三千法律，八千文
多少路向抉擇，依賴一個「善」
禍與福輕易判分

附：臺北霞海城隍廟《百首籤詩・第七十六籤》

三千法律八千文，
此事如何說與君。
善惡兩途君自作，
一生禍福此中分。

命運書

——其七

草荄樹根深深深入
地球黑土深處
水的源頭，河的上游
隱藏在高巖巨石的背後

靈舌燦出的蓮花
豈能不仔細思索？

附：臺北霞海城隍廟《百首籤詩・第七十七籤》

木有根荄水有源，
君當自此究其原。
莫隨道路人間話，（「間」當作「閒」）
訟則終凶是至言。

命運書

——其八

肚子裡立得下乾坤
一如小草
有自己與風雨周旋的哲學
豐腴可以永豐腴
翠綠可以佔領原野
乾坤中會立起一尊巍峨

附：臺北霞海城隍廟《百首籤詩・第七十八籤》

家道豐腴自飽溫，
也須肚裡立乾坤。
財多害己君當省，
福有胚胎禍有門。

命運書

——其九

面向活水太陽
花木四季綠得耀眼灼亮
背對東北季風
濁重的喘息也變得輕鬆
大自然的風水如此吹送
人生的旅程因此鷹揚

附：臺北霞海城隍廟《百首籤詩．第七十九籤》

乾亥來龍仔細看，
坎居午向自當安。
若移丑艮陰陽逆，
門戶凋零家道難。

命運書
——其十

山窮／水盡
轉個彎會看到不同的風景
或者：
換個髮型會有不同的心情
或者：
換個心情，召喚柳暗／花明

附：臺北霞海城隍廟《百首籤詩．第八十籤》

一朝無事忽遭官，
也是門衰墳未安。
改換陰陽移禍福，
勸君莫作等閒看。

輯四

有些思無邪（二十二首）

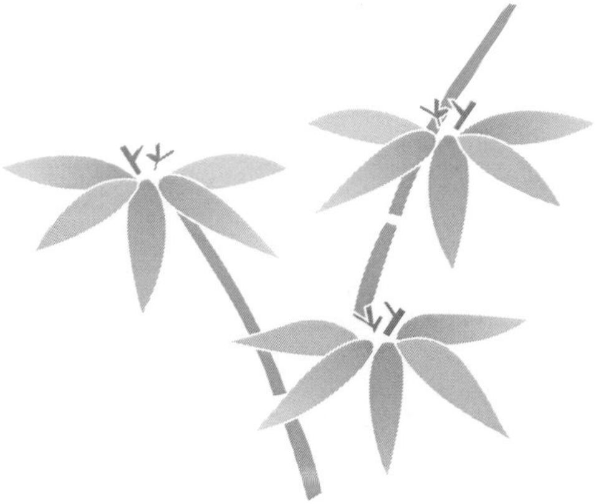

螢與星

一城燈火
被黑色大山遮住
天上的星亮著
地上的星飛著

震前與震後

嚐出今秋這一壺凍頂烏龍茶
異於昔日的甘醇嗎？

地震將來，他們知道
知道——所以釋放出全部的生命、生命全部的能量

來處與去處

我們不知道為什麼擁有皮囊
就擁有了皮囊

一顆流星飛馳而去
不一定是為了照亮來處或者去處

圓鏡與方鏡

我是你的圓鏡
你可以直直透視最深最裡的那裡
你是我的方鏡
我在你深不可測的透明處結晶

水與我

任血液流盪如水
身體漂浮如水

而我不是誰，誰也不是我
漂浮，或許可以是真的真髓

花香一息

花散發香氣的時候
我剛剛離開老子這本書
所以你不必向枝枒探問鳥聲
鳥聲從不追逐白雲

花香二息

蝴蝶飛起來
不一定是被花香所驚醒
所以你可以敲敲石頭：
多睡無益身心

花香三息

俯身向流水請安
那是花瓣世世相襲的教養
所以香息淡淡
天空是無辜的

花香四息

累積了山的穩實樹的濃蔭
而後，鳥振了振雙翼

所以花從這時香起
至於顏色的層次那是悟與不悟的問題

禪師起身

禪師起身
衣袂間空氣飄拂，只窸窣了兩三聲
溪澗裡的游魚慢慢嚼食著水面的月光薄膜
梭一樣穿過浮萍，消失在輕霧中

落葉的嘆息

翻開書頁
我聽到落葉的嘆息……

不要害怕，她們說
春天的嫩芽都知道這樣的結局

嬰孩

嬰孩是要以哭聲迎接
還是笑容？

或者，那樣的笑竟是無知的從容
或縱容？

岩石的溫存

空山不見人。
——誰說的？是誰看見了這空山真的沒人？
人呢？
人在更深的山裡嗅聞岩石的溫存

淡淡的乳香

我揮一揮手
擊打了空氣……
……那碎裂的空氣裡
有你，淡淡的乳香

羞紅

酒香一樣的
紅，從你的胸口漲到耳後
許多話語擠在雲端之前
天空不敢發出聲音

澈冷

我是冷
要在梅的嫩芽尖端逼出淡而遠的那一種冷
彷彿從那無弦琴上滑落下來
一些音符飛揚在眉梢、嘴角，一些，在心尖上

貓與學童

一隻貓豎直牠的尾巴
一隻弓著背——走向圍牆兩端——

小學童當中
眼珠。彈珠。話珠。骨轆轆直轉。。。。

雨不是雲

雨是人
不能一直閒著
為了在地上彈跳在地下橫衝直撞
直直直直落下……

簷滴的聲音

我匆匆闔上書頁，嘆息的聲音越來越輕
輕得足以瀰滿整個屬於耳朵的敏感神經
放棄簷滴的叮嚀，走向天空
天空未空——正是天空

心血勃動

瓢蟲所堅持的，譬如食草與露
我們不一定堅持

鐵軌奔向的兩極
總有心與血汩汩在勃動

雲與圖釘

雲與圖釘無涉
她只顧寫著水的昨日與來日

我放下果決
在水乳之間淺淺呼吸

任雲飄飛

牛尾驅趕不了蚊蠅
左側右側，揮了又揮
藍天則不動用拂塵
任雲飄飛

輯五

有些石頭小子仍然激動（十二首）

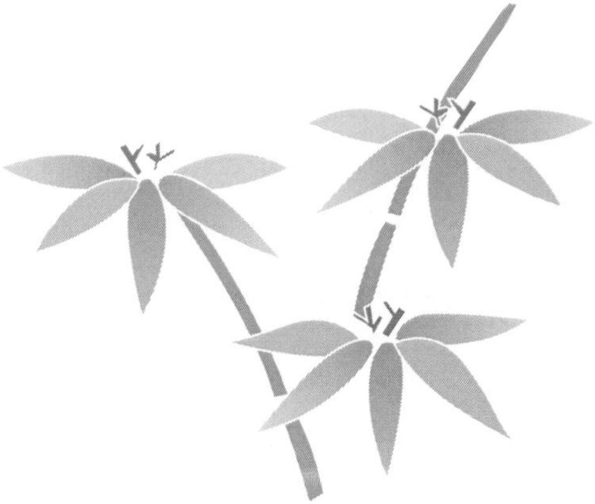

石頭小子

——其一

天地渾沌的時候
我讓自己是
渾沌中的渾沌而渾沌其中

天地笑的時候
我從最裡面，一層一層笑了開來
直到二十一世紀還在笑

石頭小子

——其二

風來刻字
雨來紋身
最怕水慢慢的漾
慢慢的漾　曼曼的漾
漾得我渾身發癢

石頭小子

——其三

放鬆了
全身放鬆了
我已經全身放鬆了
我已經全身全心從裡到外都放鬆了

那達摩卻來我面前閉目靜坐

石頭小子
——其四

雲翔雲飛雲舞
而我只是篤定
當我也翔了起來　飛了起來　舞了起來
遙遠的一顆星仍然只是遙遠的一顆星

石頭小子

——其五

含著一滴淚
我忍著不敢釋放
就怕心一軟
那果樹上的花都以為自己是蝴蝶

石頭小子

——其六

陽光直射西北方
這時我是一堵牆
為蚯蚓遮風也遮陽
土石流奔逸逃竄
這時我是一艘船
讓魚蝦跳上來拍拍胸歇喘

其實我喜歡自己是盆栽
或者，木魚也不賴

石頭小子
——其七

蹲著腿不瘦
坐著也沒矮下來
躺著可以看雲
臥著，據說能夠臥個十年五載

只有落葉看得懂
我曾經變換的姿勢

石頭小子

——其八

松葉與風的沙沙對話
隨意存放在左下方的皺摺裡
雨水流過顏面
搔留的那三分癢
確實不知道能酥麻到何時
至於你深情凝視的眼神
自有青苔隨處記憶

我終於放下春秋——
一直懸在心上那顆自己

石頭小子

——其九

樹有枝
所以可以向天空伸懶腰
我連無聊的鬚根都沒有
只好把雲當作心事
放在空中飛

石頭小子
——其十

海會鼓盪
地球繞著太陽轉
他們都知道
風浪再大
其實只是別人的一個小呵欠而已

我打了一個小呵欠
天仍然陰著昨天的陰

石頭小子

——其十一

我瞪著
旋飛而來的那一方隕石
瞪大著兩眼：那、那、那
那是逗趣的歷史
還是要命的現實？

石頭小子
——其十二

雨停。

唯一能撞擊我的
只剩
遠方的鐘聲了！

輯六

有些可以解渴有些更渴（十六首）

舌尖

——四飲之一

妳以妳的舌尖輕輕抵住我的上顎
柔柔那麼一繞一折
湧生的津液好似脅下的風鼓起的翅翼
漫過美好的昨日漫過美
漫過昨日美好的飛翔飛翔的夢
滲入文文顫抖微微發麻十二億纖細
毛細孔　開張，煙嵐昇　騰
胸懷開張，白鴿飛飛飛　飛舞
我　開張，激噴十二億纖細濕潤的化身

我與我的化身緩緩
我以我的舌尖緩緩潤澤
妳水蛇的腰身豐隆的雙乳
柔柔那麼一轉一繞，一繞一轉
前生今世永恆的糾纏
我馴服了妳如岩岸馴服兼天而湧的波濤
妳馴服我如風馴服了絮棉
妳是凍頂茶裡的氤氳
攬也攬不住的溫潤忍也忍不住的溫存
微張的口傻傻楞楞等待溫潤
我是等待溫潤的唇

咖啡

——四飲之二

咖：我的口對著杯口／杯口對著你的口／你的口對著我的口
　窗戶打開湧出了無數花朵

啡：口不是口／固態的我化成你嘴裡酸苦的精華液體
　口不是口／液態的你昇華為我　毛細孔裡無所不在的呼吸

啡：口非／心是——是——心之口對著另一個心之口：咖
　被咖啡統一之後不必加糖的你我

心之為用大矣哉：以白開水為證例

——四飲之三

不知道如何教你用心如何按摩心臟那麼深層的器官
不如教你如何不用心
像喝一杯白開水
加糖加冰加蜂蜜無所謂加咖啡也無所謂
無所謂冷無所謂熱也無所謂溫或不溫
僅僅是：一杯白開水
隨雲去流浪隨星而孤獨
就如同隨口而入隨毛細孔而出
一杯白開水

有時從沖水馬桶中奔向陰暗的下水道
沒有人知道哪一天，他
又從陰暗的下水道隨雲去流浪
隨星而孤獨
沒有人知道，他堅持不堅持
再一次隨口而入隨毛細孔而出
或者隨隱密的器官一如陰暗的下水道也無所謂
僅僅是一杯：白開水，而已
不知道他的去處也不知道他的來處也無所謂
當下是，即是
一杯白開水，曾經滾開過如今不滾
曾經混濁過如今不濁
曾經是溪是河，曾經是瀑布，也
曾經是煙嵐雲霧霜雪

曾經流經大地縱谷隨河入海
隨雲去流浪，也曾經隨星而孤獨
當下是一杯，即是一杯白開水
所以，不論口渴不渴
當下是，即是
何必用心何必安心何必按摩
不一定隨身攜帶那顆心！

行過刀口穿越火舌走過鋼索：一口金門高粱

——四飲之四

走過鋼索
我是穿越五十六個年頭的五十六歲空中飛人
穿越火舌
我彷彿是行走雲端的行者相信行者無疆
行過刀口
我堅持君子有君子一輩子不可更易的堅持

直到喝了兩杯金門高粱
世界才穩穩扶住了我

我才穩穩扶住了
行過刀口穿越火舌走過鋼索　那個我

南瓜

——四瓜之一

方的地，圓的天
都聚攏在南瓜身上
笑看風流雲散，穩穩坐在天地之間

幻想自己是一輛金黃色的馬車
載送玻璃鞋
午夜之前，馳騁在想像的原野

苦瓜

——四瓜之二

從瓜蒂開始苦
一直到微翹的瓜尖
皺縮的一幅生命流離圖，永遠的人型臉

只有在滷煮的過程裡
釋放自己
才在別人的嘴角有著一絲甘甜

冬瓜

——四瓜之三

為什麼沒事喜歡論人高或矮？
甘蔗有甘蔗的通天本領
我則選擇臥佛姿勢，保持清醒

甘蔗咀嚼的甜汁，留著散文的渣滓
冬瓜熬煉後的清香，卻散發詩的芬芳
有誰看出另一種瘦或胖？

絲瓜

——四瓜之四

因為心思細細密密
牽引腸，牽引胃
所以臉才皺皺縮縮嗎？

我以黃色小花
仔仔細細亮著自己
卻不揪著誰的心，誰的肝哩！

山水畫左下角之黑

——黑之一

湛然之湛，遠非
灼然之灼可以比擬其浩淼、浩蕩與浩嘆
這時，我在三尺幅的飛瀑之下動也未曾動
與一塊巨岩
同　冷

忍得住哆嗦，忍不住戰慄：
那翔飛而去的一羽純白

如何承載偶然裡必不可或缺的必然、必然
之黑必然之玄，與泫然之偶然？

我衝破墨痕
不看一眼左上角那方朱印

黑與純黑的溫柔

——黑之二

無盡——在地平線外展延
直至落日落下去的無盡深淵
我還感覺：黑在翻滾著黑
以及黑之外的純黑

好像就是三尺蒿的盡頭了
一堆白骨熠熠
暴露在全然的黑與黑的溫柔裡
不詩不歌不吟沒有去留

所以，黑就一味地濃而黑
且一味地飄飛：棉絮的喜與棉絮的愉悅

黑是落花急促的腳步聲

——黑之三

青苔有著細而靈敏的長舌
因為他知道探詢潤澤的方向
落花的去處

所以，落花是有鼻子的
正如同石頭有心
他臉上的皺摺，惘惘然
望著：落花滑過的姿勢

至於黑——
是那呼吸越來越急促越來越急促
落花的腳步
——越來越急促

世界因夸飾而細緻

——修辭五格之一

盤古只要一斧頭
宣紙上潑墨大千就能寫意
嫦娥揮揮衣袖
阿姆斯壯才有落腳的場所
所以，千萬不要忽略
我的心那三萬六千竅
汩汩流出
可以翔空的小小白蝴蝶

你我以映襯交換心神

——修辭五格之二

大地極盡繁華之能事
而天素顏相對
出谷的溪水縱落跑跳無定時
海以微笑的浪花涵融

這樣的譬喻
你很清楚
港灣也能深深體會
靜靜等待她的船隻

排比是麻雀表達愛的唯一方式

——修辭五格之三

濁水溪的北邊
是大肚溪
大肚溪的旁邊
是大安溪
大安溪的溪埔仔邊
是無言的芒草在風中搖頭
大漢溪的側邊
是淡水河
淡水河的右邊

是馬偕博士
馬偕博士的身邊
是一百年、兩百年、三百年也沒什麼改變的麻雀

隱藏式頂真才是真實人生

——修辭五格之四

貼著隔熱紙的房車裡
她的手伸向
他的右大腿內側
游移
移向一百二十公里的時速

速度加速度
啊！虛幻緊貼著真實

生命是一場互文的景致

——修辭五格之五

（一）

撥開一顆果實的硬殼
你看見我的微笑
撿起一節蜥蜴斷棄的尾巴
我發現你的眼淚

（二）

重播微笑盪漾的波痕
你驚訝於雲的行蹤

放大眼淚滴落的聲音
我聽到了風的漂泊

註一：
這首詩的題目是：生命是一場互文的景致，
也可能是：互文是生命的一場景致，
也可能是：景致是一場互文的生命，
也可能是：景致的互文是一場生命……

註二：

這首詩的真正內涵可能是：

（一）

一顆果實撥開你的硬殼

我看見微笑

蜥蜴撿起一節我斷棄的尾巴

你發現眼淚

（二）

重播雲盪漾的波痕

你驚訝於微笑的行蹤

放大風滴落的聲音
你聽到了眼淚的漂泊

（三）

撥開一顆果實的硬殼
你發現我的眼淚

撿起一節蜥蜴斷棄的尾巴
你看見我的微笑

（四）

微笑重播盪漾的波痕
你聽到了風的漂泊

眼淚放大滴落的聲音
你驚訝於雲的行蹤

（五）
重播微笑盪漾的波痕
你看見我的果實
放大眼淚滴落的聲音
你發現我的蜥蜴

（六）
撥開一顆果實的硬殼
你驚訝於雲的行蹤

撿起一節蜥蜴斷棄的尾巴
你聽到了風的漂泊

（七）

你重播雲的微笑
驚訝於波痕盪漾的行蹤
你放大風的眼淚
聽到了聲音滴落的漂泊

（八）

你撥開一顆果實的硬殼
看見盪漾的波痕

你撿起一節蜥蜴斷棄的尾巴
發現滴落的聲音

（九）
你撥開一顆眼淚
發現我的行蹤

你撿起一節微笑
看見我的漂泊

（十）
你重播微笑盪漾的波痕
聽到了風的漂泊雲的行蹤

你放大眼淚滴落的聲音
驚訝於果實的硬殼蜥蜴的尾巴

（十一）
你重播微笑盪漾的波痕
看見我
我放大眼淚滴落的聲音
發現你

（十二）
撥開一顆果實的硬殼
你看見雲的笑

撿起一節蜥蜴斷棄的尾巴
我發現風的眼淚

（十三）
重播雲的微笑盪漾的波痕
你驚訝於行蹤
放大風的眼淚滴落的聲音
我聽到了漂泊

（十四）
撥開你的微笑
我看見一顆硬殼的果實

撿起我的眼淚
你發現斷棄一節尾巴的蜥蜴

（十五）
重播波痕盪漾的微笑
雲驚訝於我的行蹤

放大聲音滴落的眼淚
風聽到了你的漂泊

（十六）
撥開一顆果實的眼淚
你發現硬殼的我

撿起一節蜥蜴斷棄的微笑
我看見尾巴的你

（十七）
我撥開一顆果實的硬殼
發現我的眼淚
你撿起一節蜥蜴斷棄的尾巴
看見你的微笑

（十八）
……
……

附錄

【蕭蕭詩集】

《舉目》：彰化，大昇出版社，一九七八年六月，三十二開，一一〇頁。
《悲涼》：臺北，爾雅出版社，一九八二年十一月，三十二開，一七四頁。
《毫末天地》：臺北，漢光文化公司，一九八九年七月，二十五開，一一六頁。
《緣無緣》：臺北，爾雅出版社，一九九六年三月，三十二開，一六九頁。
《雲邊書》：臺北，九歌出版社，一九九八年七月，三十二開，二一〇頁。
《皈依風皈依松》：臺北，文史哲出版社，二〇〇〇年二月，二十五開，一九二頁。
《凝神》：臺北，文史哲出版社，二〇〇〇年四月，二十五開，一五二頁。

《蕭蕭・世紀詩選》：臺北，爾雅出版社，二〇〇〇年五月，二十五開，一八〇頁。
《我是西瓜爸爸》：臺北，三民書局，二〇〇〇年九月，十八開，六十四頁。
《蕭蕭短詩選》（英譯本）：香港，銀河出版社，二〇〇二年六月，四十開，六十四頁。
《後更年期的白色憂傷》：臺北，唐山出版社，二〇〇七年十二月，四十開，九十八頁。
《草葉隨意書》：臺北，萬卷樓圖書公司，二〇〇八年十月，二十五開，一五〇頁。

【蕭蕭詩評論集】

《鏡中鏡》：臺北，幼獅文化公司，一九七七年四月，三十二開，二九一頁。
《燈下燈》：臺北，東大圖書公司，一九八〇年四月，二十五開，二六一頁。

《現代詩學》：臺北，東大圖書公司，一九八七年四月，二十五開，五一二頁。
《現代詩縱橫觀》：臺北，文史哲出版社，一九九一年六月，二十五開，四二六頁。
《從鍾嶸詩品到司空詩品》：臺北，文史哲出版社，一九九三年二月，二十五開，二五五頁。
《現代詩廊廡》：彰化，彰化縣立文化中心，一九九三年六月，二十五開，一八一頁。
《雲端之美，人間之真》：臺北，駱駝出版社，一九九七年三月，二十五開，二八八頁。
《臺灣新詩美學》：臺北，爾雅出版社，二〇〇四年二月，二十五開，四七四頁。
《土地哲學與彰化詩學》：臺中，晨星出版社，二〇〇七年五月，二十五開，二五〇頁。
《現代新詩美學》：臺北，爾雅出版社，二〇〇七年七月，二十五開，三七二頁。

閱讀大詩01 PG0525

情無限・思無邪

作　　者　　蕭　蕭
責任編輯　　黃姣潔
圖文排版　　賴英珍
封面設計　　蕭玉蘋

出版策劃　　釀出版
製作發行　　秀威資訊科技股份有限公司
114 臺北市內湖區瑞光路76巷65號1樓
電話：+886-2-2796-3638　傳真：+886-2-2796-1377
服務信箱：service@showwe.com.tw
http://www.showwe.com.tw
郵政劃撥　　19563868　戶名：秀威資訊科技股份有限公司
展售門市　　國家書店【松江門市】
104 臺北市中山區松江路209號1樓
電話：+886-2-2518-0207　傳真：+886-2-2518-0778
網路訂購　　秀威網路書店：http://www.bodbooks.com.tw
國家網路書店：http://www.govbooks.com.tw
法律顧問　　毛國樑　律師
總 經 銷　　聯合發行股份有限公司
231新北市新店區寶橋路235巷6弄6號4F
電話：+886-2-2917-8022　傳真：+886-2-2915-6275

出版日期　　2011年3月　BOD一版
定　　價　　250元

國家圖書館出版品預行編目

情無限・思無邪 / 蕭蕭作. -- 一版. -- 臺北市：
釀出版, 2011.03
面； 公分. --（語言文學類 ; PG0525）
BOD版
ISBN 978-986-86982-7-7（平裝）

851.486 100002297

讀者回函卡

感謝您購買本書，為提升服務品質，請填妥以下資料，將讀者回函卡直接寄回或傳真本公司，收到您的寶貴意見後，我們會收藏記錄及檢討，謝謝！如您需要了解本公司最新出版書目、購書優惠或企劃活動，歡迎您上網查詢或下載相關資料：http:// www.showwe.com.tw

您購買的書名：________________________________

出生日期：________年________月________日

學歷：□高中（含）以下　□大專　□研究所（含）以上

職業：□製造業　□金融業　□資訊業　□軍警　□傳播業　□自由業

□服務業　□公務員　□教職　□學生　□家管　□其它_____

購書地點：□網路書店　□實體書店　□書展　□郵購　□贈閱　□其他

您從何得知本書的消息？

□網路書店　□實體書店　□網路搜尋　□電子報　□書訊　□雜誌

□傳播媒體　□親友推薦　□網站推薦　□部落格　□其他__________

您對本書的評價：（請填代號　1.非常滿意　2.滿意　3.尚可　4.再改進）

封面設計____　版面編排____　內容____　文／譯筆____　價格____

讀完書後您覺得：

□很有收穫　□有收穫　□收穫不多　□沒收穫

對我們的建議：________________________________

____

____

____

請貼
郵票

11466
台北市內湖區瑞光路 76 巷 65 號 1 樓

秀威資訊科技股份有限公司　　收

BOD 數位出版事業部

（請沿線對折寄回，謝謝！）

姓　　名：＿＿＿＿＿＿＿＿＿＿　年齡：＿＿＿＿　性別：□女　□男

郵遞區號：□□□□□

地　　址：＿＿＿＿＿＿＿＿＿＿＿＿＿＿＿＿＿＿＿＿＿＿＿＿

聯絡電話：(日)＿＿＿＿＿＿＿＿＿＿(夜)＿＿＿＿＿＿＿＿＿＿

E-mail：＿＿＿＿＿＿＿＿＿＿＿＿＿＿＿＿＿＿＿＿＿＿＿＿